かあさん　かあさん

詩・熊谷本郷

絵・永田　萠

JUNIOR POEM SERIES

もくじ

花(はな)とおかあさん

のいちごの　花(はな)が　いい
えんどうの　花(はな)も　いい
どちらも　ちいさいけれど
わたしの　こころの　にわで
やさしく　咲(さ)いて
ゆれている

コスモスの花(はな)が　いい
アカシヤの花(はな)も　いい

わたしを　つつむ
あの　はなびらは
おかあさんの　えくぼのような
いつくしみの
えがお

かあさん　かあさん

「かあさん」と　いって
かけよると
かあさんの　えがおが
ぱっと
花のように　ひらいた
タンスのうえに　おいてある
にんぎょうが笑っている

「かあさん」と　いって
かけよると
「なあに」と
かあさんは
ぼくを　だきしめた
窓（まど）のそとで
ひまわりの花（はな）が笑（わら）っている

やさしいかあさん

かあさんは
虹（にじ）を　こかごに　いれている
ほんのり　焼（や）いた　めだまやき
いつも　虹（にじ）を　ふりかける

かあさんは
まっかな　夕焼（ゆうや）け　もっている
こどもが　いただく　おやつには
いつも　夕焼（ゆうや）け　いれている

かあさんは
小鳥の　羽を　あつめてる
上着の　胸に　赤、青、黄色
いつも　羽を　ぬいつける

この手(て)の中(なか)に

両手合(りょうてあ)わせて
みてごらん
鳥(とり)の言葉(ことば)が
わかるでしょう
風(かぜ)の心(こころ)が
わかるでしょう

両手合(りょうてあ)わせて
みてごらん

花の祈りが
わかるでしょう
母の心が
わかるでしょう

かなしみを
つつみ
よろこびが
ふくらむ　ふくらむ
心の中に
生まれる
しあわせ　しあわせ

どこかで

どこかで母が　見つめてる
どこかで母の　声がする

胸にしまった　ハンカチの
シャボンのかおりの　なかからか

ほつれたポケット　かがってる
手あかのついた　糸の玉
ボタンをつけた　なかからか

かいこが　糸（いと）をつむぐように
かすかな
かすかな
母（はは）の声（こえ）が　する

ぼくだけの窓

ぼくの　胸に　窓がある
窓をあければ　みえてくる
いつも手をふる　母がいる
畑をたがやす　母がいる

「かあさーん」と　よんだら
「はーい」と　かけてくる
やさしいえがおの　母がいる

かわらぬ　母（はは）の　ぬくもりが
ちいさなまるい　窓（まど）　にある

かあさんのねがお

かあさんの　ねいきは
こもれびに　ゆれる
ゆりかご

かあさんの　まつげは
ほのかな　ひかりの
とまり木(ぎ)

あっ

いま　かあさんが
わらった

みみたぶ

三（さん）さいの　いもうとが
いちばん　すきなのは
おかあさん

おかあさんの　みみたぶ　つかんで
ねむっている

りょうてで　つかんで
ねむっている

おかあさんが
ねがえりしても
みみたぶだけは
はなさない

ココロ

よごれた　ハンカチは
あらってほせば
かわくけど
うけた　さげすみは
あらって　ほしても
かわかない

かなしみを　くるしみを
とろり　とろり　たき火(び)で　もやしていた

そのとき
どこからか　母の声がした
「あなただけが　かあさんの　たよりだよ
元気をだして」
その　声で
ココロが
かるくなった

栗ごはん

かあさんは
じぶんの栗の実を
「はい　どうぞ」と
ぼくのちゃわんに　　いれた

その栗を　たべたべ　かあさんをみると
また　ひとつ
「はやく　おおきくなーれ」
と　いって　いれてくださった

かあさんのいちばんすきだった
栗の実

秋がくると
栗ごはん
栗まんじゅう
かあさんの写真に　そなえます

かあさん
ぼくは
こんなに大きくなりましたよ

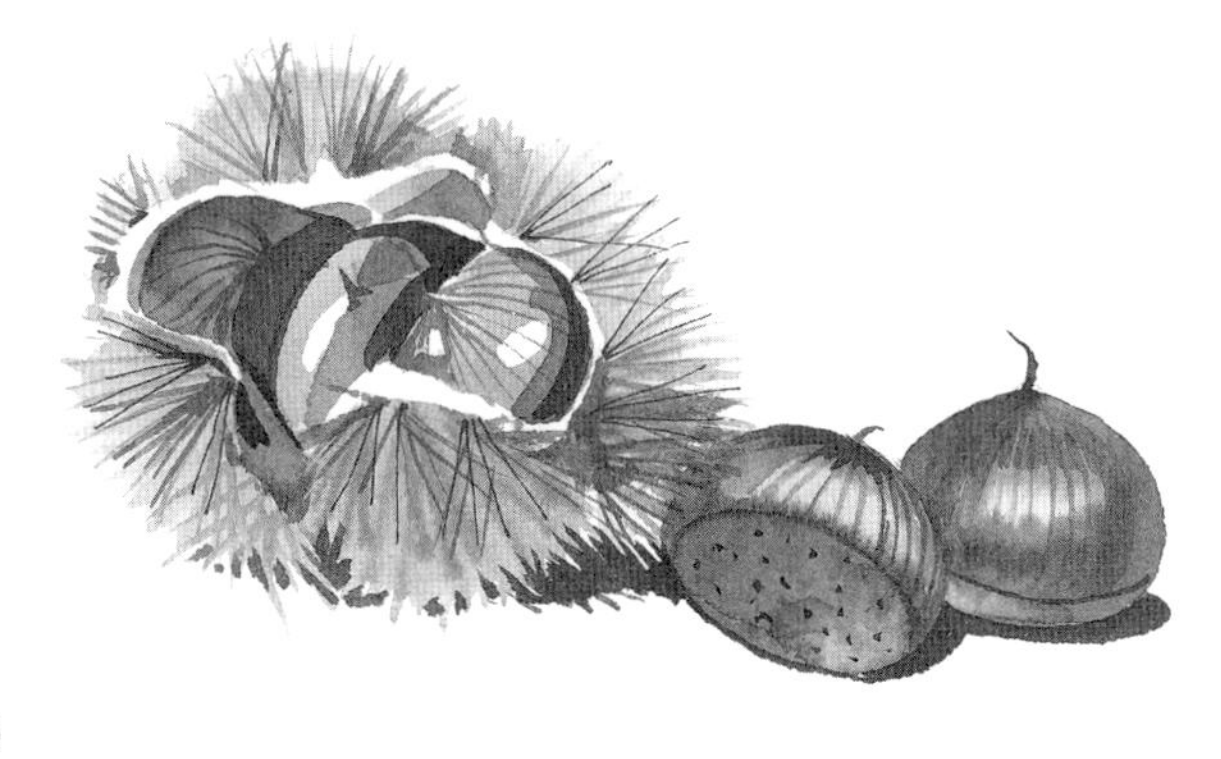

ちいさなポケット

ちいさな　ちいさな　ポケット
ぼくが　作った　ポケット
ぼくの　むねのなかにある　ポケット

なきなき　しかってくれた
かあさんの　なみだが　はいってる

みみかきを　してくれた
かあさんの　ひざの

ぬくもりも　いれてある
ぼくしか　しらない　ポケット
ときどき
ぽっちり　あけてみる

あみもの

かあさんが
いもうとのセーター
あんでいる

むねに　もようを　えがいてる
いもうとの　えがおを　えがいてる

あみぼうが　かすかに　ふるえ
かわいい　えくぼまで　えがいている

あっ
かあさんが　ぼくをみつめ
あみめを　かぞえはじめた
かあさんの瞳(め)に
ぼくが　うつってる

風のアルバム

見知らぬ町の　小さな駅で
見覚えのある　風を見た
母と摘んでた　シソの実の
幼いころの　思い出が
今日もアルバム　めくっている

見知らぬ町の　小さな川で
見覚えのある　風を見た

母と洗った　梅の実の
幼いころの　思い出が
昨日のように　見えてくる

見知らぬ町の　小さな路地で
見覚えのある　風を見た
母と歌った　手まり歌
幼いころの　思い出が
明日の勇気を　呼んでくる

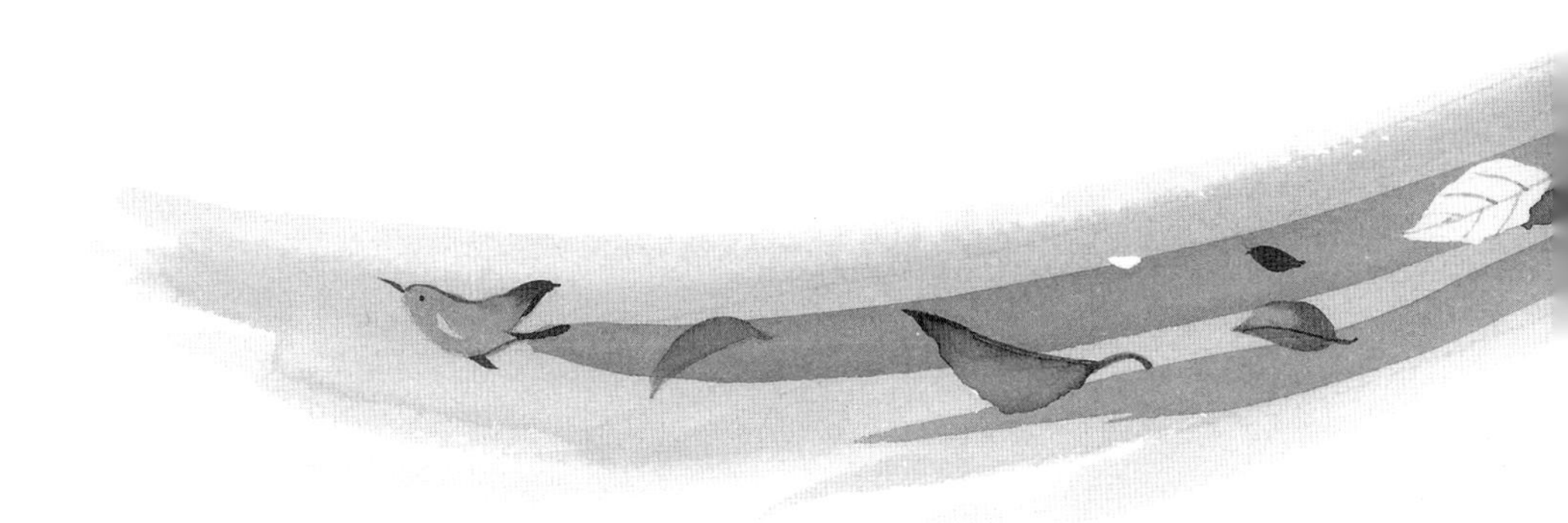

コスモスの花（はな）

コスモスの　かおりは
みみかきを　してくれた
母（はは）のぬくもり

いまも
この　むねに　咲（さ）いている
コスモスの花（はな）は
こころの　ふるさと

コスモスの　かおりは
やさしく　だいてくれた
母(はは)のあたたかさ

いまも
この　むねに　咲(さ)いている

コスモスの花(はな)は
こころの　ふるさと

はたむすび

はたむすびをおしえてくれたのは
おかあさん
切(き)れた糸(いと)をむすぶのは
これが　一番(いちばん)
機(はた)を織(お)る母(かあ)さんの口癖(くちぐせ)でした
おかあさんの
爪(つめ)のなかまで藍(あい)に染(そ)まった手(て)で
わたしの手(て)の上(うえ)に
まあるい糸(いと)の輪(わ)をつくる

それから
切れた糸を包むと　やさしく引き寄せた
まるで糸と糸が　ゆびきりでもするように
あれが　はじめての　はたむすび

おかあさん
わたしは今　あの日のように
はたむすびをしようとしています
切れたあの人とのココロを
そっと　そっと・・・
むすぶために

わたしのえがおを

いまでは　いまでは
かあさんの　えがおが
うれしくて
ただ　それだけで
くらしてきた

これからは　これからは
わたしの　えがおを
かあさんに　さしあげて

くらしていこう

つたえたい思(おも)い

かあさんとふたりで　あるいた影(かげ)
「おまえの影(かげ)が　おおきくなるのを　見(み)たいものだ」
そういった　かあさんは　もういない

わたしは　いまも
かあさんの影(かげ)を　だき
かあさんをしたい
影(かげ)と　いっしょに　生(い)きている

かあさんがわたしの手を　ぎゅうとにぎった　あのぬくもり
かあさんがわたしの手に　おとしたなみだの　あの　あたたかさ

こうして　あなたに　てがみを　かくのは
あの　かあさんの　ぬくもりと　なみだを
つたえたいからです

母はふるさと

かなしくて
くるしくて
ねむれない夜が　つづいたら
ふるさとへ
さがしにいって　みませんか

母と　あそんだ　おてだまは
わすれて　軒に　おいたまま

おもいで　とじた　アルバムに
まっかな　夕日(ゆうひ)も　いれてある

きっと
いまも
手(て)のとどくところに

みがわり地蔵さん

かあさんは
春は　できたての　ヨモギもちを
夏は　あついだろうと　きいろい日傘を
秋は　夕焼け染めで織った　丸い帽子を
冬は　手編みの　毛糸の　マフラーを
お地蔵さんに　おそなえする

それから
かあさんは
お地蔵さんの

まぶたを　ほほを
あわせた手のさきまで
ていねいに　ていねいに
なでている

手あかのついた
くちもとに
ちいさな
コンペイトウの　かけら
ほほのホクロまでが
三さいでなくなった　いもうとに
そっくりだ

ザゼン草

二月二十九日は　おとうさんの　めいにち
かあさんと　おはかまいりは
雪の降る日だった

いつまでも
ローソクをつけて
手を合わすかあさんの
せなかに　つもる　おもい雪
いつのまにか　雪だるまのように　なっても

いのりつづけていた

かあさんの
雪よけの　ずきんの中だけ
白い息が　ふくらみ
ほのかに　雪をとかしていた

ザゼン草を　みると
あの
かあさんの　すがたを　おもうのです

ねむの葉(は)

ひぐれになると
おかあさんが　あかちゃんをつつむように
ねむのはが　ゆうひをつつむ

つつんだところだけが
ほのかに　あかるく
星(ほし)の　ひかりに　ゆれている

どこかで　かすかに

こもりうたが　きこえる
とおい　とおい　夏(なつ)の夜(よる)に
まくらもとで　きいた
あのうた

かあちゃんの見舞い

白い　ベットにねている
かあちゃんが
プリンの　ふたをあけた
ミカンの　かわもむいた
ほそい声で
「おまえも　たべな」と　いった

ぼくは　だまってたべた
かあちゃんに　はなしたいことを

たくさんノートに書(か)いていたのに
なにも　いえなかった

「また　くるね」
それだけいって
かあちゃんに　せなかをむけると
なみだが　あふれて
とまらなかった

おかあさんの退院

おかあさんが
病院に　入院した日から
アリいっぴき　ふまないように
あるいた
ころんで　ひざから血がでたけど
なかなかった

「おかあさんが　きょう退院する」
と　電話が　かかったものだから

そわそわした指(ゆび)が　かけていき
おばあちゃんの
肩(かた)を　もみはじめた

たからくじ

母さんを
駅まで迎えに行った帰り道
お店にたくさんの　行列ができている
「おかあさんは、買わないの？」
「もう宝くじは当てたのよ」
「へー、当たったの？」
「そうだよ　それは　おまえだよ」
母さんはわらって　わたしの肩をぎゅっとだきしめた

落花生（らっかせい）

らっかせいの　かたいからに
かあさんのかおをかく
かあさんのえがおをかく
かあさんのことばをかく
かあさんのほほえみをかく
かあさん　ありがとうと　かく

ぼくの
ほんばこのうえに

まどわくの木のうえに
かざりだなのうえに
しっかり　たてて
ならんでる

いつのまにか　らっかせいに
かこまれた
おとぎのへやに　ぼくはいた

やさしいこころ

手のひらで　バシャバシャと　水面をたたく
日の光が　はじけて　目のなかまで跳ねてくる

手のひらで　シュルル　シュルルと　水面をなでる
水にうつる　わたしの顔
ゆがんだり　のびたり　輝いたりする
「人の心も水面と同じだよ」
と、お母さん

お母（かあ）さんの瞳（め）に
わたしがうつっている

なみだの色

母さんがいない
おうちの　どこにも　いない
なみだがふきだした
なみだ
なみだ
山をみても　なみだいろ
空をみても　なみだいろ
夕焼け雲も　なみだいろ
夜空の月も　なみだいろ

笑顔(えがお)の母(かあ)さん　みつけたら
なみだのいろが　きえちゃった

ほたる（1）

夏(なつ)のはじめの　おしらせですか
それとも
春(はる)のおわりの　おしらせですか
いいえ

かあさんの　やさしい　おてがみ
「ことしもあえたね」
と　かいている

ツユクサのすきだった
かあさんの　かおり

ほたる（2）

ベランダに　赤(あか)いリボンのむぎわらぼうし
ほたるが　一匹(いっぴき)とんできた
かあさんと　いきをこらえて　みつめている
ひがくれると　まいばん　まっていた　ほたる
「あっ、かあさん　とまったよ」
かあさんの　ふるえる　なみだ
七年(しちねん)まえになくなった　いもうとに
ことしも　やっと　あえましたね

カスミソウ

カスミソウは好きな花　　おかあさんもすきな花だから
ぼくの上着のポケットに
おかあさんがさした花だから

カスミソウは好きな花　　おかあさんもすきな花だから
ぼくの頭をなでながら
おかあさんにだかれた花だから

カスミソウは好きな花　　おかあさんもすきな花だから

ぼくのひたいにながれてた
おかあさんのなみだに　にてる花(はな)だから

かたくりのはな

どんなに　まずしくても
わたしが　どうどうとあるいていると
おかあさんは
両手で口をかくし
笑っているようにみせて
なみだをふいていた
かぞえきれない　くるしみにむきあって
いくつもの歳を重ね
こらえしょうのよさを　せなかがかたっていた

おかあさんは　あめいろのおひさまのなかにいると
とけてなくなりそうなほど　ちいさくみえる
けれど
手(て)をつなぐ　そのゆびさきには
まだ　かすかに　たくましさがのこっている
よわよわしく歩(ある)く　肩(かた)のあたりが
ときどき　きらりとひかる
そう・・・こもれびのなかに咲(さ)いている
かたくりのはなのように

手編(てあ)み

毛糸(けいと)の玉(たま)が　くるくるくるり
編(あ)み棒(ぼう)ひとめで　くるくるくるり
こねこが玉取(たまと)り　くるくるくるり
手編(てあ)みのかあさん　おひざのうえで
こねこのえくぼと　ひだまりを
毛糸(けいと)にからませ　編(あ)んでいる
ひとめひとめを　かぞえては
ときどき　わたしをのぞいてる
わたしの心(こころ)が　くるくるくるり

わたゆき

わたゆき　こなゆき　ふりしきる
だんだんばたけは　ゆきばたけ
ねぇ　ねぇ　かあさん
ひよこが　かんざし　つけてるよ
いえいえ　あれは　ふくじゅそう

ねぇ　ねぇ　かあさん
うさぎの　くつした　みつけたよ
いえいえ　あれは　ふきのとう

ねぇ　ねぇ　かあさん
かにさん　あぶくで　おはなし　してる
いえいえ　あれは　春のうまれる音ですよ

かがみ餅(もち)

かあさんが　おもちを　まるめながら
「もちのきもちになれば、きれいな　おもちができるさ
つやよし　まるみよし　ふっくらもよし
ひとのこころも　おなじだぞ」

わたしは　かあさんのように
うまくできないけれど
こころを
こめてる

かあさんのつくった
あの　かがみもちの
つややかな　光（ひかり）

あなたの　えがおを　みるたびに
かあさんの　かがみもち
おもいだす

秋の音

かすかに　かすかに
音がする
夕焼け雲と　おはなししてる
トンボが　まばたきするよりも
それより　ちいさな
秋の音

かすかに　かすかに
音がする

たたんだ　折り紙　ひろげるように
つぼみの　コスモス　ひらいてく
それより　ちいさな
秋の音

ありがとうのことば

知らない人が
わたしに　電車の席を
ゆずって　くださった

ありがとうと　いったら
ことばといっしょに
なみだが　でたの
ありがとうが　いえたのに
からだがふるえ

なみだも　でたの

その人（ひと）の　やさしさが
うれしくて
わたしのなかの　なみだの　シャボン玉（だま）が
ひとつずつ
ひとつずつ
こころの空（そら）に
ふえていく

詩人の清らかな精神から生まれた母への讃歌

詩人　野呂（のろ）　昶（さかん）

詩人は市井にあって、真摯な生活者の視点から、この世の美と真実を求めつづけてきた。詩はだれにでも分る平易な言葉で、だれもが書けない感動を表現する営為だが、詩人熊谷本郷は、その詩作の基盤を母への敬慕に置いている。本郷にとって母の存在は、生きるよろこび、生きる力、いのちの輝きそのものであった。作品を見てみよう。

どこかで

どこかで母が　見つめてる
どこかで母の　声がする

胸にしまった　ハンカチの
シャボンのかおりの　なかからか

ほつれたポケット　かがってる
手あかのついた　糸の玉
ボタンをつけた　なかからか
かいこが　糸をつむぐように
かすかな　かすかな
母の声がする

いつ、どこにいても、母は自分を見守ってくれている。母の存在は子どもにとって、なんという安心、やすらぎであろう。
どこかで母が　見つめている
どこかで母の　声がする
家から遠く離れて遊んでいても、「胸にしまったハンカチの／シャボンのかおりのなか」からでさえ、母の声が聞こえ、母の姿が見えるのである。
「ほつれたポケット　かがってる／手あかのついた　糸の玉／ボタンをつけた　なかからか」
母がほつれたポケットを糸でかがってくれている、はずれたボタンをつけかえて出来た糸の玉、こんなところからも、母の声が聞こえ、母の姿が見えている。子どもとは、なんと鋭く繊細な感性の持ち主であろう。この感性によって、いつ、どこにいても、母と子の心身は一つになっている。そして、その感性を母の愛がすっぽりと包んでいる。なんという美しい愛の姿であろう。

ちいさなポケット

「ちいさな　ちいさなポケット
ぼくのむねのなかにある　ポケット」
そのポケットは、胸の中にあって、だれにも見えない。けれどそこには、ぼくにとって大切な大切な宝物が入っている。どんな宝物であろうか。
「なきなき　しかってくれた
かあさんの　なみだが　はいっている」
「みみかきを　してくれた／かあさんのひざの／ぬくもりも　いれてある」
ほかにも　ぼくにしか分らない　たくさんの宝物が入っているにちがいない。それを

「ときどき
ぱっちり　あけてみる」
それは目には見えないけれど　おかあさんと　ぼくとのひめごとがびっしり入っていて、それがぼくを生かし、なぐさめ、力づけ、明日を生きる力になっているのである。

ねむの葉

「ひぐれになると
おかあさんが　あかちゃんをつつむように
ねむのはが　ゆうひをつつむ」

なんと清らかで美しい情景であろう。夕日を包んだねむの葉が、おかあさんの赤ちゃんへの至純の愛そのもののように、やさしくひかっている。

「つつんだところだけが

ほのかに　あかるく
星のひかりに　ゆれている」

この世のどんなものも、愛に包まれているときほど、美しいものはない。愛から放たれる、やさしさやあたたかさが、そのものをさらに美しくかがやかせるからである。ねむの葉とは詩人その人であろう。このフレーズからは、夕日に包まれ「ほのかにあかるく　星のひかりに　ゆれている」詩人の姿が見えてくる。

「どこかで　かすかに
こもりうたが　きこえる
とおいとおい　夏の夜
まくらもとで　きいた
あのうた」

このこもり歌は、詩人が幼児のころ、枕元でうたってくださった、おかあさんの歌にちがいない。歌もまた夕日をあびて、やさしくひかっている。

つたえたい思い

「かあさんとふたりで　あるいた影
おまえの影が　おおきくなるのを　見たいものだ
そういった　かあさんは　もういない」

おかあさんへの詩人の深い深い敬慕、詩人はお手紙で、「七十才を過ぎて、さらに母への慕情が深まってきました」と書いてこられたが、この詩からもその気持ちは、痛いほどに伝ってくる。お母さんがいつごろ亡くなられたのか分らないが、おそらく詩人の少年時代ではなかったかと思われる。「おまえの影がおおきくなるのを見たいものだ」このフレーズからは、その時すでに死を予感されていたのではと推察される。

「わたしは　いまも
かあさんの影を　だき
かあさんをしたい
影と　いっしょに生きている」

母の存在とはなんと偉大であろう。詩人は成人した今も、母のことを思うと、すぐ少年の時代に帰ってしまう。

「かあさんがわたしの手を　ぎゅっとにぎった　あのぬくもり／かあさんがわたしの手におとしたなみだの　あのあたたかさ」

おかあさんの子どもへの無心の愛、慈しみ、それを全身全霊でしっかりと受けとめる少年時代の詩人、手をにぎりしめるという行為の中で、母と子の愛がいきいきと立ち上ってくる。

秋の音

かすかに　かすかに
音がする
夕焼け雲と　おはなししている
トンボが　まばたきするよりも

それより　ちいさな
秋の音

かすかに　かすかに
音がする
たたんだ折り紙　ひろげるように
つぼみのコスモス　ひらいていく
それより　ちいさな
秋の音

清らかですみきった震えるような詩人の感性がとらえた、かすかなかすかな秋の音。「トンボがまばたきするよりも／それより小さな小さな音」とはどんな音であろうか。それは耳ではなく、肌で感じる音、心で感じる音であろう。

つぼみのコスモスが花を開く音ともいえない音。しかし、その音の中に秋はたしかに来ているのである。今生まれようとしているものの、かすかな予兆。詩人が求めようとしているのは、そうした予兆のような美と真実、ポエジーではないかと思う。ほんとうに美しいものは、そうした予兆の中にこそあるのではないか。詩人はこの詩においてそう示唆している。

このたびの詩集は、このように詩人の母への讃歌であるが、この詩集を書かせたのは、母の深い慈愛である。母と詩人とが一体となって書きあげた詩集ということができるであろう。

万葉集以来、子が母を慕って詠んだ詩歌は数多くあるが、一人の詩人が三十数編にもおよぶ母への讃歌を詠ったのは、このたびの詩集が始めてである。子どもも大人も、ぜひ多くの人々にお読みいただき、詩人の至純な精神に触れていただきたく願っている。

二〇一六・八・一六

あとがき

熊谷　本郷

いつ頃から「かあさん」を書き始めたかは定かではありませんが、多分、小学一年生であろう。戦渦で家や親しい人を失い極貧のなか、私一人、母方の叔父の家に預けられた。母や家族に会いたくて手紙を書いては焼き、また書いては焼いていた。念願の母と暮らせたのは成人してからだが、今も『母』を書いている。

「かあさん　かあさん」と呼びかけると、いつも笑顔の母がいた。私のしあわせは、その母の笑顔の中にあった。また母も、私達の笑顔が幸せであったらしく、心底の笑顔で何度も私は手を握られた。その度に「母と暮らせてよかった」と、しあわせの涙が込み上げていました。亡き母を書くことで生かされている私です。

『かあさん　かあさん』詩集出版にあたり詩人、のろ　さかん先生の温かい励ましのお言葉に感謝です。また解説まで頂きこの上ないしあわせです。

画家の永田　萠先生には素敵な絵に亡母の笑顔が蘇った思いです。感謝です。

そして、銀の鈴社の皆様には、私の拙い人生に、予想もしない程の素晴らしい、多大な御縁の出会いを頂きました。お礼の言葉がみつかりません。

合掌です

二〇一六・八・二三

著者紹介

熊谷本郷　くまがい　ほんごう（本名・豊和）

1941年　広島県呉市に生まれる。広島県福山市在住

著書　「チビ兵行進曲」（汐文社）
「善市じいさんのふしぎな手」（銀の鈴社）
「泣くな、東太」（銀の鈴社）　他

童謡　1982年（昭和57年）ふくやまミュージックフェスティバル（広島県福山市）童謡の部最優秀賞「かえるのごん太」（作曲・日笠山吉之）
1990年（平成２年）第１回日本創作童謡コンクール（鳥取県）最優秀賞「コスモスの花」（作曲・高月啓充）
1992年（平成４年）第３回日本創作童謡コンクール（鳥取県）最優秀賞「風のアルバム」（作曲・高月啓充）
2002年（平成14年）ふるさとを歌う童謡コンクール（滋賀県山東町）「詩の部」最優秀賞「おじいちゃんの写真」（曲・日向宣広）
2007年（平成19年）米原市芸術展覧会童謡コンクール（滋賀県米原市）「作詞・作曲」の部最優秀賞「おもいでの里」（作曲・上田　豊）
他多数

詩碑　「この手の中に」（兵庫県伊丹市・金剛院〔摂津八十八ヶ所六十番札所〕）

2014年より詩人　のろ　さかん氏に師事。小学校、保育園等で「読み聞かせ」「新しい童謡コンサート」等、仲間とボランティア活動中。

「こどものための少年詩集」（銀の鈴社）童謡詩誌「とっくんこ」詩発表

所属　㈳日本音楽著作権協会／㈳日本児童文学者協会／㈳日本童謡協会／とっくんこ会員

絵・永田　萠（ながた　もえ）

イラストレーター、絵本作家

花と妖精をテーマにした夢あふれる作風で画業40年を過ぎた今も第一線で筆をとる。1987年に『花待月（はなまちづき）に』（偕成社）でボローニャ国際児童図書展青少年部門グラフィック賞受賞。ポスター、切手等のイラストや150冊を超える出版物の制作と共に、定期的な国内巡回展や海外での作品展を行っている。教育関連にも関心が高く、各委員会委員を務める他、2016年春より京都市こどもみらい館館長就任。

兵庫県出身、京都市在住。

NDC911
神奈川　銀の鈴社　2016
89頁　21cm（かあさん　かあさん）

ジュニアポエムシリーズ　261
2016年11月3日発行
本体1,600円＋税

かあさん　かあさん

著　　者　詩・熊谷本郷Ⓒ　絵・永田萌Ⓒ
発 行 者　柴崎聡・西野真由美
編集発行　㈱銀の鈴社 TEL 0467-61-1930　FAX 0467-61-1931
〒248-0005　神奈川県鎌倉市雪ノ下3-8-33
http://www.ginsuzu.com
E-mail info@ginsuzu.com

ISBN978－4－87786－279－4　C8092
落丁・乱丁本はお取り替え致します
印刷　電算印刷
製本　渋谷文泉閣

…ジュニアポエムシリーズ…

No.	詩・絵	書名	選定・受賞
1	鈴木敏史詩集 宮下琢郎・絵	星の美しい村	★☆
2	小池知子詩集 高志孝子・絵	おにわいっぱいぼくのなまえ	★☆
3	鶴岡千代子詩集 武田淑子・絵	白い虹	児文芸新人賞
4	楠木しげお詩集 久保雅勇・絵	カワウソの帽子	
5	津坂治男詩集 垣内美穂・絵	大きくなったら	★◇
6	後藤れい子詩集 山本まつ子・絵	あくたれぼうずのかぞえうた	
7	北村蔦子詩集 柿本幸造・絵	あかちんらくがき	
8	吉田瑞穂詩集 吉田翠・絵	しおまねきと少年	⊠★◎
9	新川和江詩集 葉祥明・絵	野のまつり	★☆
10	阪田寛夫詩集 織茂恭子・絵	夕方のにおい	◈★☆○
11	高田敏子詩集 若山憲・絵	枯れ葉と星	★☆
12	原田直友詩集 吉田翠・絵	スイッチョの歌	★◎
13	小林純一詩集 久保雅勇・絵	茂作じいさん	◉★☆●◎
14	長谷川俊太郎詩集 長新太・絵	地球へのピクニック	★◎
15	与田準一詩集 深沢省三・深沢紅子・絵	ゆめみることば	★
16	岸田衿子詩集 中谷千代子・絵	だれもいそがない村	
17	江間章子詩集 榊原直美・絵	水と風	◇◎
18	原田直友詩集 小野まり・絵	虹―村の風景―	★
19	福田達夫詩集 福田正夫・絵	星の輝く海	★☆
20	草野心平詩集 長野ヒデ子・絵	げんげと蛙	★☆○◇
21	宮田滋子詩集 青木まさる・絵	手紙のおうち	☆○
22	久保田昭三詩集 斎藤彬子・絵	のはらでさきたい	
23	鶴岡千代子詩集 加倉井和夫・武田淑子・絵	白いクジャク	★●
24	尾上尚子詩集 まど・みちお・絵	そらいろのビー玉	児文協新人賞 ★☆
25	水上紅詩集 深沢紅子・絵	私のすばる	☆
26	野呂昶詩集 福島二三・絵	おとのかだん	★
27	こやま峰子詩集 武田淑子・絵	さんかくじょうぎ	☆
28	青戸かいち詩集 駒宮録郎・絵	ぞうの子だって	
29	まきたかし詩集 福田達夫・絵	いつか君の花咲くとき	★☆♡
30	薩摩忠詩集 駒宮録郎・絵	まっかな秋	★☆♡
31	新川和江詩集 福島二三・絵	ヤァ！ヤナギの木	★☆○♡
32	井上靖詩集 駒宮録郎・絵	シリア沙漠の少年	★☆♡
33	古村徹三 詩・絵	笑いの神さま	
34	江上波夫詩集 青空風太郎・絵	ミスター人類	○☆
35	秋原秀夫詩集 鈴木義治・絵	風の記憶	★◎
36	水村三千夫詩集 武田淑子・絵	鳩を飛ばす	
37	久冨純江詩集 渡辺安芸夫・絵	風車 クッキングポエム	
38	日野生三詩集 吉野晃希男・絵	雲のスフィンクス	★
39	佐藤雅子詩集 佐藤太清・広瀬きよみ・絵	五月の風	★
40	小黒恵子詩集 武田淑子・絵	モンキーパズル	★
41	木村信子詩集 山本典子・絵	でていった	
42	中野栄子詩集 吉田翠・絵	風のうた	☆
43	宮田滋子詩集 牧村慶子・絵	絵をかく夕日	★
44	大久保ティ子詩集 渡辺安芸夫・絵	はたけの詩	★☆
45	秋原秀夫詩集 赤星亮衛・絵	ちいさなともだち	♥

☆日本図書館協会選定
★全国学校図書館協議会選定（SLA）
□少年詩賞　■茨城県すいせん図書
○厚生省中央児童福祉審議会すいせん図書
●日本童謡賞　♧岡山県選定図書
♡日本子どもの本研究会選定
♥秋田県選定図書
♣愛媛県教育会すいせん図書
◇岩手県選定図書
◆京都府選定図書
⊠芸術選奨文部大臣賞
◉赤い鳥文学賞　◈赤い靴賞

…ジュニアポエムシリーズ…

46 日友靖子・詩集／藤城清治・安西明美・絵　猫曜日だから ◆☆
47 秋葉てる代・詩集／武田淑子・絵　ハープムーンの夜に ♡
48 こやま峰子・詩集／山本省三・絵　はじめのいーっぽ ★♡
49 黒柳啓子・詩集／金子滋・絵　砂かけ狐 ♡
50 三枝ますみ・詩集／武田淑子・絵　ピカソの絵 ☆♡●
51 夢虹二・詩集／武田淑子・絵　とんぼの中にぼくがいる ♡○♥
52 はたちよしこ・詩集／まど・みちお・絵　レモンの車輪 □♧
53 大岡信・詩集／葉祥明・絵　朝の頌歌 ★☆♡♥◎
54 吉田瑞穂・詩集／吉田翠・絵　オホーツク海の月 ★☆♡
55 さとう恭子・詩集／村上保・絵　銀のしぶき ★☆♡
56 星乃ミミナ・詩集／葉祥明・絵　星空の旅人 ★☆♡
57 葉祥明・詩・絵　ありがとう そよ風 ★♡▲
58 青戸かいち・詩集／初山滋・絵　双葉と風
59 小野ルミ・詩集／和田誠・絵　ゆきふるるん ★☆●♡
60 なぐもはるき・詩・絵　たったひとりの読者 ★♡♧
61 小関秀夫・詩集／小倉玲子・絵　風(かざ)栞(しおり) ★♡♥
62 海沼松世・詩集／守下さおり・絵　かげろうのなか ☆♡
63 山本龍生・詩集／小倉玲子・絵　春行き一番列車 ♡
64 小泉周二・詩集／深沢省三・絵　こもりうた ★☆♡
65 かわてせいぞう・詩集／若山憲・絵　野原のなかで ♡★♥
66 えぐちまき・詩集／赤星亮衛・絵　ぞうのかばん ♡◆♥
67 池田あきつ・詩集／小倉玲子・絵　天気雨 ♡
68 藤井則行・詩集／君島美知子・絵　友へ ♡♧
69 藤哲生・詩集／武田淑子・絵　秋いっぱい ★♠
70 日友靖子・詩集／深沢紅子・絵　花天使を見ましたか ★
71 吉田瑞穂・詩集／吉田翠・絵　はるおのかきの木 ★
72 小島禄琅・詩集／中村陽子・絵　海を越えた蝶 ☆★♥♡
73 にしおまさこ・詩集／杉田幸子・絵　あひるの子 ★
74 山下竹二・詩集／徳田徳志芸・絵　レモンの木 ★
75 高崎乃理子・詩集／奥山英俊・絵　おかあさんの庭 ★♡
76 檜きみこ・詩集／広瀬弦・絵　しっぽいっぽん ★●□☆♡
77 たかはしけいこ・詩集／高田三郎・絵　おかあさんのにおい ♡♣□
78 星乃ミミナ・詩集／深澤邦朗・絵　花かんむり ♥☆♡
79 佐藤照雄・詩集／津波信久・絵　沖縄 風と少年 ☆♡★
80 相馬梅子・詩集／やなせたかし・絵　真珠のように ♥★
81 小島禄琅・詩集／深沢紅子・絵　地球がすきだ ★
82 鈴木美智子・詩集／黒澤梧郎・絵　龍のとぶ村 ◇★♥
83 いがらしれいこ・詩集／高田三郎・絵　小さなてのひら ☆
84 宮入黎子・詩集／小倉玲子・絵　春のトランペット ☆★
85 下田喜久美・詩集／方振寧・絵　ルビーの空気をすいました ☆
86 野呂昶・詩集／方振寧・絵　銀の矢ふれふれ ★
87 ちよはらまちこ・詩集／ちよはらまちこ・絵　パリパリサラダ ★
88 秋原秀夫・詩集／徳田徳志芸・絵　地球のうた ☆★
89 中島あやこ・詩集／井上緑・絵　もうひとつの部屋 ★
90 藤川こうのすけ・詩集／葉祥明・絵　こころインデックス ☆

✲サトウハチロー賞　✣毎日童謡賞
☼三木露風賞
♤福井県すいせん図書
▲神奈川県児童福祉審議会推薦優良図書
♠奈良県教育研究会すいせん図書
♧北海道選定図書　✿三越左千夫少年詩賞
♢静岡県すいせん図書
◎学校図書館図書整備協会選定図書（SLBA）

…ジュニアポエムシリーズ…

91 新井和詩集 高田三郎・絵 おばあちゃんの手紙 ☆★
92 はなわたえこ詩集 えばとかつこ・絵 みずたまりのへんじ ★●
93 柏木恵美子詩集 武田淑子・絵 花のなかの先生 ☆
94 中原千津子詩集 寺内直美・絵 鳩への手紙 ★
95 髙瀬美代子詩集 小倉玲子・絵 仲なおり ★
96 杉本深由起詩集 若山憲・絵 トマトのきぶん ☆★◎ 児文芸新人賞
97 宍倉さとし詩集 守下さおり・絵 海は青いとはかぎらない ♧
98 石井英行詩集 有賀忍・絵 おじいちゃんの友だち ■
99 なかのひろ詩集 アサト・シェラ・絵 とうさんのラブレター ☆★
100 小松静江詩集 藤川秀之・絵 古自転車のバットマン
101 石原一輝詩集 加藤真夢・絵 空になりたい ☆♧★
102 小泉周二詩集 西真里子・絵 誕生日の朝 ☆■★
103 くすのきしげのり童謡 わたなべあきお・絵 いちにのさんかんび ☆★
104 成本和子詩集 小倉玲子・絵 生まれておいで ☆★♡♧
105 伊藤政弘詩集 小倉玲子・絵 心のかたちをした化石 ★

106 川崎洋子詩集 井戸妙子・絵 ハンカチの木 □★☆
107 柘植愛子詩集 油野誠一・絵 はずかしがりやのコジュケイ ♧
108 新谷智恵子詩集 葉祥明・絵 風をください ☆♡●
109 金親尚子詩集 牧進・絵 あたたかな大地 ☆
110 黒柳啓子詩集 吉田翠・絵 父ちゃんの足音 ☆★♡□
111 富田栄子詩集 油野誠一・絵 にんじん笛 ♡☆
112 原国子詩集 高畠純・絵 ゆうべのうちに ☆
113 宇部京子詩集 スズキコージ・絵 よいお天気の日に ○□☆◇★●
114 武鹿悦子詩集 牧野鈴子・絵 お花見 ☆□
115 山本なおこ詩集 梅田俊作・絵 さりさりと雪の降る日 ☆★
116 小林比呂古詩集 おおた慶文・絵 ねこのみち ☆
117 後藤れい子詩集 渡辺あきお・絵 どろんこアイスクリーム ☆
118 重清良吉詩集 高田三郎・絵 草の上 ☆□◆★
119 宮中雲子詩集 西真里子・絵 どんな音がするでしょか ✲★
120 前山敬子詩集 若山憲・絵 のんびりくらげ ☆★

121 川端律子詩集 若山憲・絵 地球の星の上で ♡
122 たかはしけいこ詩集 織茂恭子・絵 とうちゃん ★♡♣
123 宮田滋子詩集 深澤邦朗・絵 星の家族 ☆●
124 国沢たまき詩集 唐沢静・絵 新しい空がある
125 池田あきつ詩集 小倉玲子・絵 かえるの国 ★
126 黒田恵子詩集 倉島千賀子・絵 ボクのすきなおばあちゃん ☆★♡
127 垣内磯子詩集 宮崎照代・絵 よなかのしまうまバス ☆♡★
128 小泉周二詩集 佐藤平八・絵 太陽へ ☆♡★●
129 中島和子詩集 秋里信子・絵 青い地球としゃぼんだま ☆★
130 のろさかん詩集 福島一二三・絵 天のたて琴 ☆
131 加藤丈夫詩集 葉祥明・絵 ただ今受信中 ☆★
132 北原悠子詩集 深沢紅子・絵 あなたがいるから ♡
133 池田もと子詩集 小倉玲子・絵 おんぷになって ♡
134 鈴木初江詩集 吉田翠・絵 はねだしの百合 ★
135 垣内磯子詩集 今井俊・絵 かなしいときには ★

△長野県教育委員会すいせん図書 ☆(財)日本動物愛護協会推薦図書
◉茨城県推奨図書

…ジュニアポエムシリーズ…

136 秋葉てる代詩集 やなせたかし・絵 おかしのすきな魔法使い ●★
137 青戸かいち詩集 永田萠・絵 小さなさようなら ✿★
138 柏木恵美子詩集 高田三郎・絵 雨のシロホン ♡★
139 藤井則行詩集 阿見みどり・絵 春だから ♡★◎
140 黒田勲子詩集 山中冬二・絵 いのちのみちを
141 南郷芳明詩集 的場豊子・絵 花時計
142 やなせたかし詩・絵 生きているってふしぎだな
143 内田麟太郎詩集 斎藤隆夫・絵 うみがわらっている
144 しまざきふみ詩集 島崎奈緒・絵 こねこのゆめ ♡
145 糸永えつこ詩集 武井武雄・絵 ふしぎの部屋から ♡
146 石坂きみこ詩集 鈴木英二・絵 風の中へ ♡
147 坂本のこう詩集 坂本こう・絵 ぼくの居場所 ♡
148 島村木綿子 詩・絵 森のたまご ✿
149 楠木しげお詩集 わたせせいぞう・絵 まみちゃんのネコ ★
150 牛尾良子詩集 上矢津・絵 おかあさんの気持ち ♡

151 三越左千夫詩集 阿見みどり・絵 せかいでいちばん大きなかがみ ★
152 水村三千夫詩集 高見八重子・絵 月と子ねずみ
153 川越文子詩集 横松桃子・絵 ぼくの一歩ふしぎだね ★
154 すずきゆかり詩集 葉祥明・絵 まっすぐ空へ
155 西田純詩集 葉祥明・絵 木の声水の声
156 清野倭文子詩集 水科舞・絵 ちいさな秘密（ひみつ）
157 川奈静詩集 直江みちる・絵 浜ひるがおはパラボラアンテナ ★◎
158 若木良水詩集 西真里子・絵 光と風の中で
159 牧陽子詩集 渡辺あきお・絵 ねこの詩 ★◎
160 宮田滋子詩集 阿見みどり・絵 愛一輪 ★◎
161 井上灯美子詩集 唐沢静・絵 ことばのくさり ☆●
162 滝波万理子詩集 滝波裕子・絵 みんな王様（おうさま） ★●
163 冨岡みち詩集 関口コオ・絵 かぞえられへんせんぞさん ★
164 垣内磯子詩集 辻恵子・切り絵 緑色のライオン ★◎
165 すぎもとれいこ詩集 平井辰夫・絵 ちょっといいことあったとき ★

166 岡田喜代子詩集 おぐらひろかず・絵 千年の音 ★☆◎
167 川奈静詩集 直江みちる・絵 ひもの屋さんの空 ♥★♡◎☆
168 鶴岡千代子詩集 武田淑子・絵 白い花火 ★☆
169 井上灯美子詩集 唐沢静・絵 ちいさい空をノックノック ★◎☆
170 尾崎杏子詩集 ひなた山すじゅう郎・絵 海辺のほいくえん ◎☆♡★
171 柘植愛子詩集 やなせたかし・絵 たんぽぽ線路 ◎☆●♡★
172 小林比呂古詩集 うめざわのりお・絵 横須賀スケッチ ♡☆▲★◎
173 林佐知子詩集 串田敦子・絵 きょうという日 ♡☆▲★◎
174 後藤基宗子詩集 岡澤由紀子・絵 風とあくしゅ ◎☆♡♥★
175 土屋律子詩集 高瀬のぶえ・絵 るすばんカレー ◎☆▲♡★
176 三輪アイ子詩集 深沢邦朗・絵 かたぐるましてよ ★☆♡
177 田辺瑞美子詩集 西真里子・絵 地球賛歌 ☆★◎
178 高瀬美代子詩集 小倉玲子・絵 オカリナを吹く少女 ☆♡
179 中野恵子詩集 串田敦子・絵 コロポックルでておいで ●★♡☆
180 松井節子詩集 阿見みどり・絵 風が遊びにきている ▲★☆♡

…ジュニアポエムシリーズ…

- 181 新谷智恵子詩集／徳田徳志芸・絵　とびたいペンギン　佐世保文学賞 ♡★▲◎
- 182 牛尾良子詩集／牛尾征治・写真　庭のおしゃべり ♡★◎
- 183 三枝ますみ詩集／髙見八重子・絵　サバンナの子守歌 ☆★
- 184 佐藤雅子詩集／佐藤太清・菊池治子・絵　空の牧場 ☆★♡■◎
- 185 山内弘子詩集／おぐらひろかず・絵　思い出のポケット ♡★●
- 186 山内弘子詩集／阿見みどり・絵　花の旅人 ♡★▲
- 187 原国子詩集／牧野鈴子・絵　小鳥のしらせ ◎♡★△
- 188 人見敬子詩・絵　方舟地球号 ―いのちは元気― ♡★◎
- 189 林佐知子詩集／串田敦子・絵　天にまっすぐ ◎★☆♡
- 190 小臣富子詩集／渡辺あきお・絵　わんさかわんさかどうぶつさん ◎♡★
- 191 川越文子詩集／かまだちえみ・写真　もうすぐだからね ♡★◎
- 192 永田喜久男詩集／武田淑子・絵　はんぶんごっこ ♡☆★◎
- 193 吉田房子詩集／大和田明代・絵　大地はすごい ★◎♡
- 194 石井春香詩集／髙見八重子・絵　人魚の祈り ★♡
- 195 石原一輝詩集／小倉玲子・絵　雲のひるね ♡
- 196 たかはしけいこ詩集／髙橋敏彦・絵　そのあと　ひとは ★
- 197 宮田滋子詩集／おおた慶文・絵　風がふく日のお星さま ★♡◎
- 198 渡辺恵美子詩集／つるみゆき・絵　空をひとりじめ ★♡●
- 199 宮中雲子詩集／西真里子・絵　手と手のうた ★
- 200 杉本深由起詩集／太田大八・絵　漢字のかんじ ★♡
- 201 井上灯美子詩集／唐沢静・絵　心の窓が目だったら ★♡
- 202 峰松晶子詩集／おおた慶文・絵　きばなコスモスの道 ★♡
- 203 高橋文子詩集／山中桃子・絵　八丈太鼓 ★♡
- 204 長野貴子詩集／武田淑子・絵　星座の散歩 ★♡
- 205 江口正子詩集／髙見八重子・絵　水の勇気 ♡☆★
- 206 藤本美智子詩・絵　緑のふんすい ☆♡★
- 207 林佐知子詩集／串田敦子・絵　春はどどど ♡★◎
- 208 小関秀夫詩集／阿見みどり・絵　風のほとり ☆♡★
- 209 宗美津子詩集／宗信寛・絵　きたのもりのシマフクロウ ♡★
- 210 かわてせいぞう詩集／髙橋敏彦・絵　流れのある風景 ☆♡★
- 211 土屋律子詩集／高瀬のぶえ・絵　ただいまぁ ◎★♡☆
- 212 永田喜久男詩集／武田淑子・絵　かえっておいで ☆♡★
- 213 みたみちこ詩集／牧進・絵　いのちの色 ♡★
- 214 糸永えつこ詩集／糸永わかこ・絵　母です 息子です おかまいなく ♡☆★
- 215 宮田滋子詩集／武田淑子・絵　さくらが走る ●♡☆★
- 216 柏木恵美子詩集／吉野晃希男・絵　ひとりぼっちの子クジラ ♡★◎
- 217 江口正子詩集／髙見八重子・絵　小さな勇気 ♡☆★
- 218 井上灯美子詩集／唐沢静・絵　いろのエンゼル ★♡
- 219 中島あやこ詩集／日向山寿十郎・絵　駅伝競走 ★☆♡
- 220 高橋孝治詩集／髙見八重子・絵　空の道　心の道 ★♡
- 221 江口正子詩集／日向山寿十郎・絵　勇気の子 ♡☆★
- 222 宮田滋子詩集／牧野鈴子・絵　白鳥よ ☆★
- 223 井上良子詩集・銅版画　太陽の指環 ★
- 224 川越文子詩集／山中桃子・絵　魔法のことば ♡☆★
- 225 西本みさこ詩集／上司かのん・絵　いつもいっしょ ☆♡

ジュニアポエムシリーズは、子どもにもわかる言葉で真実の世界をうたう個人詩集のシリーズです。

本シリーズからは、毎回多くの作品が教科書等の掲載詩に選ばれており、1974年以来、全国の小・中学校の図書館や公共図書館等で、長く、広く、読み継がれています。

心を育むポエムの世界。

一人でも多くの子どもや大人に豊かなポエムの世界が届くよう、ジュニアポエムシリーズはこれからも小さな灯をともし続けて参ります。

226 おばらいちこ詩集 髙見八重子・絵 ぞうのジャンボ ☆★♡
227 吉田房子詩集 本田あまね・絵 まわしてみたい石臼 ★♡
228 吉田房子詩集 阿見みどり・絵 花 詩 集 ★♡◎
229 田中たみ子詩集 唐沢静・絵 へこたれんよ ★◎
230 林佐知子詩集 串田敦子・絵 この空につながる ★♡
231 藤本美智子 詩・絵 心のふうせん ★♡
232 火星雅範詩集 西川律子・絵 ささぶねうかべたよ ★♡▲
233 吉田房子詩集 岸田歌子・絵 ゆりかごのうた ★♡
234 むらかみみちこ詩集 むらかみみちこ・むらかみあくる・絵 風のゆうびんやさん ★♡
235 白谷玲花詩集 阿見みどり・絵 柳川白秋めぐりの詩 ★♡
236 ほさかとしこ詩集 内山つとむ・絵 神さまと小鳥 ★☆♡
237 内田麟太郎詩集 長野ヒデ子・絵 まぜごはん ♡☆★◎
238 小林比呂古詩集 出口雄大・絵 きりりと一直線 ♡★
239 牛尾良子詩集 おぐらひろかず・絵 うしの土鈴とうさぎの土鈴 ★◎♡
240 山本純子詩集 ルイコ・絵 ふ ふ ふ ◎★♡☆

241 神田亮 詩・絵 天使の翼 ★☆♡
242 かんざわみえ詩集 阿見みどり・絵 子供の心大人の心さ迷いながら ☆★◎
243 永田喜久男詩集 内山つとむ・絵 つながっていく ★☆♡
244 浜野木碧 詩・絵 海原散歩 ♡☆★◎
245 やまうち・しゅうへい詩集 山本省三・絵 風のおくりもの ♡☆★◎
246 すぎもとれいこ 詩・絵 てんきになあれ ★
247 冨岡みち詩集 加藤真夢・絵 地球は家族 ひとつだよ ♡☆
248 北野千賀詩集 滝波裕子・絵 花束のように ♡☆★
249 石原一輝詩集 加藤真夢・絵 ぼくらのうた ♡★
250 土屋律子詩集 高瀬のぶえ・絵 まほうのくつ ♡☆
251 津坂治男詩集 井上良子・絵 白い太陽 ☆♡
252 石井英行詩集 よしだちなつ・表紙絵 野原くん ☆★♡
253 井上灯美子詩集 唐沢静・絵 たからもの ☆♡
254 大竹典子詩集 加藤真夢・絵 おたんじょう ☆
255 たかはしけいこ詩集 織茂恭子・絵 流 れ 星

256 谷川俊太郎詩集 下田昌克・絵 そ し て
257 なんば・みちこ詩集 布下満・絵 トックントックン 大空で大地で
258 宮本美智子詩集 阿見みどり・絵 夢の中に そっと
259 成本和子詩集 阿見みどり・絵 天使の梯子
260 海野文音詩集 牧野鈴子・絵 ナンドデモ
261 熊谷本郷詩集 永田萠・絵 かあさん かあさん
262 大楠翠詩集 吉野晃希男・絵 おにいちゃんの紙飛行機
263 久保恵子詩集 たかせちなつ・絵 わたしの心は風に舞う
264 みずかみさやか詩集 葉祥明・絵 五月の空のように

＊刊行の順番はシリーズ番号と異なる場合があります。

銀の小箱シリーズ

- 葉 祥明 詩・絵　小さな庭
- 若山 憲 詩・絵　白い煙突
- こばやしひろこ・詩 うめざわのりお・絵　みんななかよし
- 江口 正子・詩 油野 誠一・絵　みてみたい
- やなせたかし 詩・絵　あこがれよなかよくしよう
- 冨岡 みち・詩 関口 コオ・絵　ないしょやで
- 小林比呂古・詩 神谷 健雄・絵　花かたみ
- 小泉 周二・詩 辻 友紀子・絵　誕生日・おめでとう
- 柏原 耿子・詩 阿見みどり・絵　アハハ・ウフフ・オホホ★♡▲
- こばやしひろこ・詩 うめざわのりお・絵　ジャムパンみたいなお月さま★

すずのねえほん

- たかはしけいこ・詩 中釜浩一郎・絵　わたし★◎
- 尾上 尚子・詩 小倉 玲子・絵　ぽわぽわん
- 糸永えつこ・詩 高見八重子・絵　はるなつあきふゆもうひとつ★ 児文芸新人賞
- 山口 敦子・詩 高橋 宏幸・絵　ばあばとあそぼう
- あらいまさはる・童謡 しのはられみ・絵　けさいちばんのおはようさん
- 佐藤 雅子・詩 佐藤 太清・絵　こもりうたのように● 美しい日本の12ヵ月 日本童謡賞
- 柏木 隆雄・詩 やなせたかし他・絵　かんさつ日記★♡

アンソロジー

- 渡辺 浦人・編 村上 保・絵　赤い鳥 青い鳥●
- わたげの会・編 渡辺あきお・絵　花ひらく★
- 木曜会・編 西 真里子・絵　いまも星はでている★
- 木曜会・編 西 真里子・絵　いったりきたり♡
- 木曜会・編 西 真里子・絵　宇宙からのメッセージ
- 木曜会・編 西 真里子・絵　地球のキャッチボール★◎
- 木曜会・編 西 真里子・絵　おにぎりとんがった☆★◎
- 木曜会・編 西 真里子・絵　みぃーつけた♡★◎
- 木曜会・編 西 真里子・絵　ドキドキがとまらない
- 木曜会・編 西 真里子・絵　神さまのお通り★
- 木曜会・編 西 真里子・絵　公園の日だまりで★♡
- 木曜会・編 西 真里子・絵　ねこがのびをする